AF313771

HOMELIE XVI.

SUR

LE JUSTE AFFLIGÉ.

Par M. le Curé de S. Sulpice de Paris.

A PARIS,

Chez RAYMOND MAZIERES, ruë S. Jacques, prés la ruë du Plâtre, à la Providence.

M. DCC VII.

AVEC APPROBATION ET PRIVILEGE DU ROY.

TEXTE

DU SAINT EVANGILE

SELON SAINT JEAN.

EN ce temps-là Jesus dit à ses Disciples : Encore un peu, & vous ne me verrez plus, & encore un peu & vous me verrez : parce que je m'en vais à mon Pere. Alors quelques-uns de ses Disciples se dirent les uns aux autres : que signifie ce qu'il nous dit : encore un peu, & vous me verrez, & encore un peu, & vous ne me verrez pas : parce que je m'en vais à mon Pere ? Ils disoient donc : qu'entend-il par ce peu de temps ? Nous ne sçavons ce qu'il veut dire. Jesus vit donc bien qu'ils vouloient l'interroger, & il leur dit : Vous demandez entre vous ce que j'ay voulu dire par ces paroles :

4

encore un peu & vous ne me verrez pas &
encore un peu & vous me verrez. En verité,
en verité, je vous dis, que vous pleurerez, &
vous gemirez. Le monde fera dans la joye, &
vous ferez dans la tristesse, mais voftre tristesse
fe changera en joye. Lors qu'une femme en-
fante, elle est dans la tristesse, parce que son
heure est venuë : mais aprés qu'elle a enfanté
un fils, elle ne fe souvient plus de fon travail,
dans la joye qu'elle a d'avoir mis un homme
au monde. Et vous donc maintenant estes dans
la tristesse ; mais je vous reverray encore; &
voftre cœur fe réjouïra, & perfonne ne vous
ravira voftre joye. *En faint Jean, chap.* 16. *v.* 16.

HOMELIE SEIZIÉME

SUR

LE JUSTE AFFLIGÉ.

'EVANGILE d'aujourd'huy, qui nous montre les Apôtres plongez dans la tristeſſe, & le Sauveur prédiſant à ſes Diſciples preſens & futurs, que les larmes ſeroient leur partage en ce monde : *Mundus gaudebit, vos verò contriſtabimini*, nous donne lieu, mes tres-chers Freres, de vous parler des tribulations que les gens de bien ſouffrent en cette vie : matiere importante, puiſqu'entre les veritez qui de tout temps ont exercé la foy des Fideles, même des plus éclairez, & qui leur ont davantage appris à eſtre humbles, & à ne pas vouloir aprofondir les ſecrets de la conduite de Dieu, ſans doute que ç'a été de voir le juſte dans l'affliction, & le méchant dans la proſpe-

R rrr iij

rité; & de ne remarquer entre eux aucune difference dans la diſtribution des biens & des maux de cette vie : ſur quoy on ne peut entendre rien de mieux que ce qu'en a écrit ſaint Auguſtin. La divine providence, dit ce grand Docteur, a jugé à propos de préparer aux bons pour le ſiecle à venir, des biens que les méchans ne poſſederont point : & aux méchans des maux que les bons ne ſouffriront point. Mais pour les biens & les maux de cette vie, Dieu a voulu qu'ils fuſſent communs aux uns & aux autres, afin qu'on ne deſirât point avec ardeur des biens que les méchans poſſedent comme les bons, & qu'on n'évitât point avec horreur des maux que les bons endurent comme les méchans. Souvent neanmoins Dieu fait paroître plus clairement qu'il agit luy-même dans la diſpenſation des biens & des maux; car ſi tout peché étoit manifeſtement puni dés cette vie, on penſeroit qu'il ne le ſeroit plus en l'autre; & ſi Dieu ne paroiſſoit maintenant punir aucun peché, on nieroit la providence : d'autre part, ſi Dieu n'accordoit jamais les biens temporels aux juſtes qui les luy demandent, on ſoupçonneroit qu'il n'en ſeroit pas le maître; & s'il les leur accordoit toûjours, on croiroit qu'ils ſeroient toute leur récompenſe; & on ne ſerviroit Dieu qu'en vûë d'un interêt temporel. Le vice & la vertu ne ſont donc pas la même choſe, pour être expoſez aux mêmes diſgraces: le même feu éclaircit l'or, & noircit la paille : le même fleau briſe le chaume, & en ſepare le grain : la lie ne ſe mêle pas avec l'huile, quoyque tirée de la même olive,

& par le même preſſoir : le même coup remuë la
bouë & le parfum ; cependant l'une exhale une odeur
infecte, & l'autre une odeur ſuave : Ainſi dans la même affliction le méchant blaſpheme le Seigneur, &
le juſte le benit : l'adverſité leur eſt commune, &
l'uſage different. C'eſt encore pour punir les juſtes
de leur trop grande condeſcendance & conformité
d'inclinations humaines avec les pecheurs, qu'ils ſont
enveloppez dans les mêmes châtimens : ils ſont châtiez en ce monde avec eux , mais ils ſeront recom-
penſez hors du monde ſans eux. O divine Providence, qui reglez tout avec une ſageſſe auſſi juſte
qu'impenetrable, faites-nous reſpecter vôtre conduite ; & en faiſant ce qu'il vous plaît de nous, faites-
nous aimer ce que vous faites de nous.

Mais outre les maux temporels communs aux bons
& aux méchans, les bons ont leurs angoiſſes ſpirituelles, qui ne ſont pas communes aux méchans ; ce
qui fait que la vie leur eſt ſouvent un tiſſu de ſouffrances, & le monde une vallée de larmes ; ſuivant
cette parole de Jeſus-Chriſt à ſes Diſciples dans l'Evangile d'aujourd'huy : Le monde ſe réjoüira, & vous
ſerez dans la triſteſſe : *Mundus gaudebit, vos verò con-*
triſtabimini. En effet,

1°. Combien dans les plus juſtes, l'inconſtance de
l'eſprit humain, & la ſouſtraction de la dévotion ſen-
ſible, ſoit pour punir leurs legeres fautes, ſoit pour
exercer leur vertu, ſoit pour épurer leurs intentions,
leur donnent elles de peine ? Hier ce n'étoit que zele,
que ferveur, que conſolation interieure : aujourd'huy

ce n'eſt que ſechereſſe, aridité, dégoût. Hier on étoit patient, humble, recueilli : aujourd'huy on ſe trouve tout diſſipé, diſtrait, chagrin : n'eſt-ce pas voir Jeſus-Chriſt un moment, & un moment aprés ne le plus voir ? *Modicum, & videbitis me, & iterum modicum, & non videbitis me.*

2°. A cette peine en ſuccede une autre : le juſte ne ſçait pas ſeurement s'il eſt en état de grace, ou non : s'il eſt digne de haine, ou d'amour : aſſuré du peché commis, incertain du pardon accordé, il tremble : plus il s'examine, plus il trouve de raiſons de douter, tant il trouve de miſere en luy. Ne me loüez point tant, diſoit un humble Saint, écrivant à ſon ami : Je ſens quel eſt mon penchant au mal, & quelle eſt ma repugnance au bien : *Quàm prona ad pravitatem relapſio, quàm piger ad Deum niſus.* Je ſens combien la vertu a d'infirmité en moy, & combien l'infirmité a de vertu : *Quæ vitiorum virtus, quæ virtutum infirmitas.* Telle étoit la pieté gemiſſante de ſaint Paulin, pour s'exprimer avec ſaint Auguſtin : *gemebundam pietatem.*

3°. Quand même il auroit quelquefois une douce confiance qu'il eſt bien auprés du Seigneur, l'incertitude de la perſeverance finale luy donne une inquietude nouvelle : il ſçait que la perſeverance eſt une grace qui ne ſe merite point ; que pluſieurs ont bien commencé, & ont mal fini : *In Chriſtianis non coronantur initia, ſed finis,* dit ſaint Jerôme : que Dieu inſpire la foy ſans qu'on la demande, mais qu'il ne prepare le grand don de la perſeverance qu'aux prieres, aux larmes, aux jeûnes, aux veilles, & à la pratique des

plus

plus heroïques vertus, qu'il ne trouve point en luy : *In laboribus, in vigilus, in eleemosyn's & orationibus, in jejuniis & castitate*, dit le Concile, ou plûtôt l'Eglise, & le saint Esprit.

Ajoûtez à cela les violentes & diverses tentations dont le démon l'afflige & l'humilie. Tantôt, dit saint Ambroise, c'est l'avarice qui l'enflame, tantôt c'est la luxure qui l'importune, & puis c'est la vengeance, la colere, l'intemperance, des doutes contre la foy, des découragemens dans le chemin de la vertu, un ennuy des exercices spirituels, & semblables mouve-mens fâcheux ; qui tour à tour, & quelquefois tous ensemble, comme des vents impetueux, agitent la nacelle de son cœur.

5°. Il repasse souvent ces oracles effrayans de l'Ecri-ture : Que les jugemens de Dieu sont des abysmes sans fonds ; que Dieu est terrible dans ses jugemens sur les enfans des hommes ; que le Pharisien malgré ses jeûnes & ses offrandes, & sa vie exemte de cri-mes grossiers, ne laissa pas d'être rejetté du Temple ; que de dix Vierges il y en eut cinq à qui on ferma la porte du banquet nuptial ; que le juste sera à peine sauvé ; que divers Ministres des Autels, quoyqu'ils ayent prophetisé au nom du Seigneur, chassé les dé-mons, & fait des merveilles dans l'Eglise par leurs talens, seront exclus du Royaume celeste : qu'autres sont les jugemens des hommes, & autres les jugemens de Dieu. Ces maximes, & semblables terribles veri-tez, donnent souvent de grandes allarmes aux plus gens de bien, que ne devroient-elles pas faire aux au-

tres ? Mais ſoit que les juſtes ſe voyent affligez avec
les pecheurs par des diſgraces temporelles ; ſoit qu'ils
gémiſſent ſous des tribulations ſpirituelles qui leur
ſont propres, il eſt toûjours certain qu'ils ont beſoin de
force & de conſolation dans cet ennuyeux pelerina-
ge ; & qu'étant la plus noble partie de l'Egliſe, & les
membres choiſis du corps myſtique de Jeſus Chriſt,
les Prédicateurs doivent les regarder comme le premier objet de leurs ſoins, & de leurs inſtructions ;
& les encourager, en leur portant avec le Prophete
cette douce parole de la part du Seigneur : Dites au
juſte, que tout va bien pour luy : *Dicite juſto, quoniam*
benè. La grace & l'eſprit du temps Paſchal, qui re-
gardent particulierement les parfaits, comme celuy
du Carême les pénitens, nous y invitent.

PREMIERE CONSIDERATION.

Quatre puiſſantes raiſons doivent obliger les juſtes
à ſupporter patiemment leurs peines : elles ſont peu
en nombre ; mediocres en leur grandeur ; courtes
dans leur durée, adoucies par diverſes conſolations.

Iº. Elles ſont peu en nombre, *in paucis vexati*, dit
le Sage, parlant des juſtes affligez. Faites-y bien re-
flexion, mon cher frere, & vous trouverez que vous
n'avez qu'une choſe à ſouffrir : peut-être la pauvreté,
vôtre famille, vos enfans, vos creanciers, des pertes,
& des diſgraces vous donnent de continuelles inquie-
tudes, & vous font ſentir les rigueurs d'une fâcheuſe
indigence : Mais vous vous portez bien, vous joüiſ-

fez d'une fanté parfaite , vous n'éprouvez ny pierre
ny gravelle , ny goute , ny migraine : combien de
gens affligez de ces douloureufes maladies , & à la
veille de fouffrir de cruelles operations , changeroient
ils leur état au vôtre , & prefereroient vôtre fanté à
leurs richeffes? Etes-vous au contraire tourmenté de
quelque infirmité corporelle? vous avez du bien &
de l'argent pour vous faire fervir & fecourir ; les Me-
decins , les remedes , les alimens , rien ne vous manque. Eft-ce la mort d'un enfant bien-aimé qui tire des
larmes de vos yeux ? mais il vous en refte d'autres :
il n'étoit pas unique : vous avez des parens & des
amis. Le temps adoucira vos ennuis. Peut-être avez-
vous des peines d'efprit , des remords de confcience ;
mais vous avez un bon Confeffeur qui vous foûtient,
& qui vous encourage, en vous difant que Dieu re-
prend & châtie ceux qu'il aime ; que l'or fe purifie
dans le feu , & l'homme de bien dans le creufet de
l'humiliation : qu'avez-vous donc à vous plaindre , &
à dire fans ceffe que vous êtes le plus malheureux homme du monde? qu'eft-ce que vous endurez en comparaifon du Prophete, qui difoit à Dieu : Seigneur,
les tribulations de mon cœur fe font multipliées.
Trois chofes à obferver en ce peu de mots : Premierement, fes peines, elles étoient de leur nature tres-
grandes, c'étoit des tribulations , *tribulationes*, genre
de fouffrance qui brife la vertu la plus affermie. En
fecond lieu, elles étoient nombreufes, il en avoit
plufieurs , *tribulationes multiplicatæ funt.* Enfin elles le
faifoient fouffrir par l'endroit le plus fenfible, c'étoit

le cœur, dont les douleurs font les plus vives : *tribulationes cordis mei.*

Qu'eft-ce que vous endurez en comparaifon du
faint homme Job, à qui plufieurs meffagers vinrent
annoncer coup fur coup un nombre infini de malheurs, & qui fut tout à la fois affligé par la perte de
fes biens, la ruine de fes maifons, le meurtre de fes
domeftiques, la mort défaftreufe de fes enfans, &
qui frappé d'un horrible ulcere qui le rongeoit, &
d'où fortoit une fourmillere de vers, affis fur un fu-
mier, nettoyant le pus de fes playes avec un teft de
pot, abandonné de tout le monde & de tout fecours,
perfecuté du démon, tourmenté de penfées de defef-
poir, délaiffé de Dieu, du moins fenfiblement, fouf-
froit cette multitude de calamitez extrêmes, avec une
fouveraine patience, & ne profera jamais aucune parole mal à propos contre Dieu. *Cùm audiffet Job nun-
tiorum verba, fuftinuit patienter, nec aliquid ftultum contra
Deum locutus eft.* Vous n'avez qu'une feule affliction,
& vous ne finiffez point vos lamentations ? Enfin,
que fouffrez-vous en comparaifon de l'Homme de
douleurs vôtre exemplaire, dont le faint homme Job
n'étoit que la figure ? quoy qu'exemt de peché, il ne
fut pas exemt de peines : *qui fine peccato, non tamen fine
flagello,* dit faint Auguftin ; qui porta fur luy le poids
de tous les pechez du monde, & des peines qu'ils me-
ritent ; qui fut déchiré depuis la plante des pieds juf-
qu'au fommet de la tête ; flagellé, couronné d'épi-
nes, cloüé à une croix : qui mourut dans des peines
de corps & d'efprit inexplicables ; couvert d'oppro-

bres , maudit des hommes , & abandonné de son
Pere, qui retira de luy les marques sensibles de son
amour ? Comment donc osez-vous murmurer ,
n'ayant qu'une seule peine à supporter ? Celuy qui
ne prend pas sa Croix, & qui ne me suit pas, n'est
pas digne de moy, dit ce divin Sauveur : *qui non tollit
crucem suam* : il ne vous impose pas plusieurs croix à
porter , il ne parle que d'une seule, *crucem suam*. Ah !
si le juste sçavoit la nombreuse multitude de peines
qu'éprouve le pecheur, combien rougiroit-il de se
plaindre d'une seule peine qui le tourmente ! *multa
flagella peccatoris?*

II°. Vos peines non seulement sont peu en nombre, mais elles sont mediocres en grandeur : *modicum
passos* , dit saint Pierre, parlant aussi des justes affligez:
Vous n'avez pas encore resisté jusqu'au sang, ajoute
l'Apôtre saint Paul : d'ailleurs toutes vos souffrances
sont pesées , & comptées. Seigneur , disoit le saint
Roy David, vous nous nourrirez du pain de larmes ,
& vous nous ferez boire nos larmes avec mesure :
*Cibabis nos pane lachrymarum , & potabis nos in lachrymis
in mensura* : Il est vray , ces alimens sont amers, mais
ils sont mesurez : car qu'est-ce que cette expression
signifie, dit saint Augustin , *quid est in mensura* ? sinon
que le Seigneur proportionnera le remede à la dispo-
sition du malade , qu'il ne permettra pas que vous
soyez tenté au-delà de vos forces : *Apostolum audi :*
Ecoutez l'Apôtre , dont les paroles serviront d'inter-
pretation à celles du Prophete : *Fidelis Deus , qui vos
non permittit tentari suprà quàm potestis ferre* : Le Seigneur

toûjours fidele en ſes promeſſes meſurera le fardeau
à vos forces : *id eſt menſura pro viribus tuis.* La ſage Providence ne vous envoyera aucune adverſité que pour
vous exercer, & non pour vous accabler : *Ipſa eſt men-*
ſura pro viribus tuis, ipſa eſt menſura ut erudiaris, non ut op-
primaris. Le démon ne pourra vous tenter que juſqu'au
degré neceſſaire pour vous éprouver, pour vous per-
fectionner, pour vous épurer, pour vous affermir : à
la façon d'un vaſe d'argile que le feu ne fait qu'en-
durcir, & rendre propre au ſervice du Maître : *Factus*
es in fornace tanquam vas fictile : illud quod formatum eſt
oportet ut coquatur. Le malin eſprit comme un tourbil-
lon impetueux s'efforcera de vous ſubmerger dans une
mer de triſteſſe & d'ennuy : mais cette tempête ne ſer-
vira qu'à vous faire avancer plus vîte dans la route
du ſalut : *Tantum tentare ſinitur, quantum expedit proficien-*
tibus : quantum tibi prodeſt ut excercearis. L'ennemi vous
frappera avec ſon épée, mais une main inviſible en
conduira le coup, afin qu'elle ne retranche que la
chair morte : *Qui fecit illum, applicat gladium ejus.* Vos
larmes douloureuſes ne ſeront pas toutes pures, elles
ſeront détrempées avec une eau rafraîchiſſante, *&*
potum meum cum fletu miſcebam. Le ſouvenir de vôtre bonté, Seigneur, adoucira la rigueur de vôtre
juſtice : je boiray du vin d'abſinthe, mais je ſçay que
vôtre charité aura fait la compoſition de ce breuva-
ge : *Bibite vinum quod miſcui vobis :* il eſt amer, mais il eſt
ſalutaire, *amarum eſt, ſed ſalubre.* Tout cecy eſt de ſaint
Auguſtin. Que ſert-il donc d'exagerer ſi fort vos peines ? Combien devriez-vous remercier le Seigneur de

ce qu'il vous donne lieu d'acquerir par quelques souffrances passageres & bornées, le poids d'une gloire
éternelle, & immense, pour s'exprimer avec l'Apôtre : *æternum gloriæ pondus* : ou avec saint Pierre : *Modicum nunc oportet contristari?* Combien vos chagrins,
si grands à vos yeux, sont-ils petits comparez aux
souffrances du saint homme Job, dont les calamitez
excedoient autant les peines dûës à ses pechez, que
tout le sable de la mer surpasse en pesanteur un poids
le plus mediocre ? *Quasi arena maris hæc gravior appare-
ret.* Il n'appartient qu'à un Apôtre d'avoir à souffrir
des peines insupportables, & au-delà de toute mesure,
& de toute vertu : *Gravatus sum suprà modum, suprà vir-
tutem :* & tout cela ensemble approche-t-il de l'immen-
sité des peines de Jesus-Christ, qui seul a pû dire : O
vous tous qui passez, arrêtez-vous, & voyez s'il y a jamais eu des douleurs égales aux miennes ! *O vos omnes
qui transitis per viam, attendite & videte si est dolor sicut dolor meus.*

IIIᵒ. Les souffrances des Serviteurs de Dieu ne
sont pas de longue durée : car, ou bien la douleur est
violente, & pour-lors elle les enleve bien-tôt de ce
monde tumultueux, pour leur procurer le repos éternel en l'autre : *Visi sunt oculis insipientium mori, illi autem sunt in pace :* ou bien la douleur est mediocre, &
pour-lors la patience les leur rend supportables ; la
conformité avec Jesus-Christ & ses Saints les leur rend
cheres ; l'esperance en la vie éternelle les leur rend
precieuses : *Spes illorum immortalitate plena est.* D'ailleurs
combien cette vie considerée en elle-même est-elle

courte ? *Modicum est hoc totum spatium quod præsens præ-tervolat sæculum*, dit saint Augustin dans l'Office d'aujourd'huy : & pour parler avec l'Ecriture, cette vie n'est qu'une legere vapeur qui se dissipe en un moment : *vapor ad modicum parens :* elle s'en va plus vîte que le courier le plus pressé : *Dies mei velociores fuerunt cursore :* que le navire qui vogue à pleines voiles : *pertransierunt quasi naves :* que l'oiseau qui s'envole avec vîtesse : *Tanquam avis quæ transvolat in aëre :* que la fléche qui fend l'air avec impetuosité, *aut tanquam sagitta emissa in locum destinatum :* en un mot, ce n'est qu'un songe qui s'évanoüit : *sicut somnium avolans non invenietur: sicut visio nocturna.* La frequente meditation du juste sur la brieveté de cette vie diminuë donc ses maux, & tarit ses larmes : il considere avec saint Augustin, que ce qui a une fin n'est jamais long : *non est diu quod habet finem :* Que s'il rappelle en son esprit les jours anciens & les années éternelles, cette vie ne luy paroît qu'un pur neant sans aucune stabilité: *Nihil enim sunt dies mei.* Celuy qui est mort au monde ne compte plus les jours du monde, dit saint Cyprien : ainsi les souffrançes ne sont d'aucune durée à ses yeux. Que si à ces pieuses pensées il ajoute celles des châtimens que ses pechez ont merité, il les trouvera bien plus courtes encore : il verra combien il est heureux, de racheter des tourmens éternels par quelques peines temporelles, & par de legeres mortifications éviter ce feu dévorant qui ne s'éteindra point ; ce ver rongeur qui ne mourra point ; cette nuit obscure qui ne finira point ; ces larmes ameres qui ne tariront point ;

ces

ces triſtes regrets qui ne s'appaiſeront point : la vie la plus longue & la plus deſaſtreuſe ne luy paroîtra qu'un point, en comparaiſon de ces eſpaces immenſes d'une éternité malheureuſe : *ſic exigui anni in die ævi.* Mais on peut encore dire que les ſouffrances de l'homme de bien ſont courtes, parce que le Seigneur miſericordieux les abrege toûjours : il ne permet pas que le pecheur étende long tems ſa main ſur l'heritage du juſte, ni qu'il pouſſe à bout ſa patience, de peur enfin que l'infirmité humaine n'y ſuccombe : *Quia non relinquet Dominus virgam peccatorum ſuper ſortem juſtorum, ut non extendant juſti ad iniquitatem manus ſuas.* C'eſt ainſi qu'il commanda à l'Ange exterminateur qui maſſacroit le peuple de David de s'arrêter & de reſſerrer ſon glaive vengeur : *vidit Dominus, & imperavit Angelo qui percutiebat : ſufficit, ceſſet manus tua.* C'eſt ainſi que Daniel deſolé de la longue captivité des Iſraëlites en Babylone, apprit enfin que Dieu avoit abregé le temps de l'affliction ſous laquelle ce Peuple gemiſſoit : *Septuaginta hebdomades abbreviatæ ſunt ſuper populum tuum.* C'eſt ainſi qu'à la fin du monde, Dieu, en conſideration de ſes élûs, abregera les jours de la derniere perſecution : *propter electos breviabuntur dies illi.*

Voici encore un nouveau motif qui diminuë extrémement l'ennuy que cauſeroient les longues ſouffrances dans les Saints; c'eſt de ſçavoir que Dieu par ſon infinie bonté, qui refait toûjours ſes ouvrages plus excellens qu'il ne les avoit d'abord faits, redonne auſſi toûjours, par une abondante profuſion, ce

Tttt

qu'il avoit ôté par une courte fouſtraction. Le Patriarche Jacob pleura quelque temps la perte de ſon
cher fils Joſeph vendu par ſes propres freres ; il le
retrouve peu aprés pour le reſte de ſes jours comblé
de gloire, & reveré des Egyptiens : le bien heureux
homme Job perd ſes biens, ſes enfans & ſa ſanté,
le Seigneur luy rend bien-toſt toutes ces choſes au
double : les Apôtres perdent Jeſus-Chriſt paſſible &
mortel, ils le retrouvent trois jours aprés, glorieux
& triomphant : *modicum, & non videbitis me; & iterum*
modicum, & videbitis me, quia vado ad Patrem. Combien
donc la crainte des ſouffrances doit-elle peu abbatre
l'homme de bien ? Saint Cyprien pour lors dans la
perſécution, rapporte une viſion dans laquelle Jeſus-
Chriſt s'eſtant apparu comme affligé du peu de fermeté des fidelles, avoit proferé ces triſtes paroles :
Vous ne voulez pas mourir, vous refuſez de ſouffrir,
que vous ferai-je donc? *pati non vultis, mori recuſatis,*
quid ergo faciam vobis? au contraire nous liſons dans
ces actes ſi celebres des Martyrs d'Affrique, qu'entre
pluſieurs fideles pour lors reſſerrez dans une affreuſe
priſon, un ſaint Prêtre nommé Victor eut une viſion extrémement conſolante : car comme ces bien-
heureux Confeſſeurs étoient attenuez par la faim,
& par l'horreur de ce cachot, ce digne Prêtre vid
un jeune homme tout brillant de ſplendeur qui luy
dit: Vous aurez encore à ſouffrir quelques temps : *ad-*
huc modicum laboratis : mais ayez confiance, je ſuis avec
vous : *ſed confidite, quia ego vobiſcum ſum.* Puis il ajoû-
ta, parlant toûjours à ce Prêtre : Dites à ceux qui

font avec vous de ne se point affliger, car plus ils souffriront, plus leur couronne sera glorieuse : *dic illis, quia gloriosiorem coronam habebitis.*

IV. A ces trois precedentes reflexions ajoûtez encore celle-ci, que les souffrances des gens de bien sont toûjours adoucies par diverses consolations : & c'est ce qu'éprouvoit le Prophete au milieu de ses plus ameres afflictions : Seigneur, disoit-il, à proportion de la multitude des douleurs & des angoisses de mon cœur, vos consolations ont rejoüi mon ame : *secundùm multitudinem dolorum meorum, in corde meo consolationes tuæ lætificaverunt animam meam.* Car par une raison opposée, comme il est de la justice & de l'équité de Dieu, que les réprouvez dans les enfers, soient punis conformément à leurs crimes : que l'orgueilleux soit dans l'opprobre, l'ambitieux dans le mépris, le voluptueux dans la douleur ; que l'intemperant souffre la faim & la soif ; l'avare la pauvreté, selon cette parole du Sage : *Per quæ quis peccat, per hæc & torquetur :* de même est-il de la bonté divine, que les élus soient recompensez dans le Ciel conformement aux vertus qu'ils ont pratiquées sur la terre : que leur humilité se change en gloire, *gloriâ & honore coronasti eum :* leurs mépris en loüanges : *tunc laus erit unicuique à Deo :* leur pauvreté en richesses : *super omnia bona sua constituet eum :* leurs souffrances en plaisirs : *torrente voluptatis potabis eos :* bien plus, il arrive souvent qu'en cette vie même, & au milieu de leurs humiliations, de leur indigence & de leurs tourmens, ils ont un avantgoût des recompenses éternelles. Saint Babylas,

ce celebre Evêque & genereux Martyr, voulut être in-
humé avec les mêmes chaînes de fer, dont on l'avoit
chargé dans sa prison, ne voyant rien au monde de
plus honorable & de plus glorieux pour luy que cette
apparente ignominie, dit S. Chrysostôme : *corpus suum
unà cum ferreis illis catenis sepeliendum mandavit, planum
faciens, quæ ignominiosa videntur, ea propter Christum, ho-
norifica esse ac splendida.* Saint Felix Prêtre de Nole,
aprés avoir été persecuté, emprisonné & tourmenté
pour la foy ; enfin la paix ayant été renduë à l'Eglise,
on luy conseilla de redemander ses biens confisquez,
suivant les Edits des Empereurs qui le permettoient
ainsi ; sous pretexte, luy disoit-on, d'en faire des au-
mônes : *quæ dispensare recepta mercedis magnæ cum fænore
posset egenis.* Cette proposition fit horreur à ce vertueux
Prestre : à Dieu ne plaise, répondit-il, que je rentre
en possession des biens dont j'ai été une fois dépoüillé
pour Jesus-Christ, & que je perde ainsi ce que j'ay
gagné ; *horruit amissos in jura reposcere fundos.* Les Saints
Martyrs d'Afrique emprisonnez & macerez par une
longue faim, interrogez là-dessus par un infidele qui
leur insultoit, luy répondirent : Que la parole de
Dieu leur tenoit lieu de lumiere & d'aliment, malgré les tenebres de leur cachot, & la faim qu'ils endu-
roient : *milites Christi, & in tenebris clarissimam lucem,
& in jejunio cibum saturabilem, Dei habere sermonem.* Comment cela ne seroit-il pas ainsi, puisque l'Ecriture
nous dit, que le Seigneur descend dans la prison avec
le juste : *descenditque cum illo in foveam :* qu'il fait leur
lit dans leur infirmité, devenant leur repos & leur

appuy : *omnem lectum ejus verfafti in infirmitate ejus*; qu'il
fouffre avec eux dans leurs tribulations ; *mifertus Do-*
minus Jofeph defcendit cum eo in foveam , & in vinculis non
dereliquit eum. Telles font les confolations des juftes
affligez au milieu de leurs peines ; telles étoient celles de S. Paul parmi les plus nombreufes , les plus
continuelles , & les plus grandes afflictions & tribulations qu'un mortel puiffe endurer en cette vie :
mon cœur , difoit ce grand Apôtre, au milieu de
toutes mes fouffrances nage dans la joye : *fuperabundo*
gaudio in omni tribulatione noftra : & il ajoûte ces paroles
tres-dignes de nôtre attention : Beni foit le Dieu &
le Pere de Nôtre Seigneur Jefus-Chrift , le pere des
mifericordes & le Dieu de toute confolation : *Bene-*
dictus Deus , & Pater Domini noftri Jefu Chrifti , Pater
mifericordiarum , & Deus totius confolationis : qui nous
confole en toutes nos tribulations : *qui confolatur nos in*
omni tribulatione noftra : afin que nous puiffions à nôtre
tour confoler ceux qui font dans les fouffrances , de
quelque efpece qu'elles foient : *ut poffimus & ipfi con-*
folari eos qui in omni preffura funt ; les exhortant à la patience par les mêmes raifons dont le Seigneur fe fert
pour nous exhorter à la pratique de cette même vertu : *Per exhortationem quâ exhortamur & ipfi à Deo.* Car
nous voyons dans ces paroles admirables , que les
mêmes fentimens, & les mêmes motifs que l'efprit
de Dieu fuggeroit à faint Paul affligé & perfecuté
afin de l'encourager & de le confoler , eftoient les
mêmes dont cet Apôtre inftruit à une fi excellente
école & par un fi divin maître, fe fervoit pour con-

T t tt iij

foler & fortifier les fideles affligez : ce n'étoit pas des
raifons humaines, ou étudiées avec foin, ny des ex-
hortations compofées avec art ; c'étoit des raifons
·infpirées & communiquées de Dieu au cœur de cet
Apôtre, lequel aprés s'en être rempli le premier, les ré-
pandoit enfuite dans le cœur des fideles affligez. O
Seigneur, quelles étoient-elles, ces paroles infpirées
par vous ? fans doute qu'elles avoient une douceur fur ceux aufquels il les difoit, qui furpaf-
foit toute intelligence : & c'eft ainfi que les confolations qu'il recevoit du côté de Dieu, eftoient
proportionnées aux perfecutions qu'il recevoit du
côté des hommes : *quoniam ficut abundant confolatio-*
nes Chrifti in nobis, ita & per Chriftum abundat confola-
tio noftra. Surquoi il femble que la remarque de quelques anciens Interpretes n'eft pas à oublier icy : ils
obfervent, aprés avoir bien fupputé les années de cet
Apôtre, & examiné l'Hiftoire de fa vie, que ce fut
lorfqu'on le lapida, *femel lapidatus fum*, c'eft-à-dire,
lors que meurtri & accablé fous un tas immenfe de
pierres, où on le croyoit mort & écrafé, que ce fut,
dis-je, dans cet état que le Seigneur le vifita dans fa
mifericorde, & qu'il eut cette merveilleufe revela-
tion, lorfque tranfporté au troifiéme Ciel, & ravi
dans le Paradis, il entendit des chofes qu'il n'eft pas
loifible à un mortel de dire fur la terre: c'eft au prix
des plus grandes tribulations, que les plus rares fa-
veurs du Seigneur s'achetent: c'eft à ces tribulations
que le Seigneur répand & proportionne fes confolations. Mais à ces confolations interieures la Provi-

dence ne laiſſe pas ſouvent d'en ajoûter d'exterieures : Jacob a perdu Joſeph ſon bien-aimé fils, ſes autres enfans ſenſibles à l'affliction de leur pere s'aſſemblent pour adoucir ſa peine : *congregatis cunctis liberis ejus ut lenirent dolorem patris.* Les amis de Job ſçachant ſon infortune, prennent rendez-vous pour l'aller conſoler, *ut viſitarent eum & conſolarentur* : le voyant de loin, ils jettent de grands cris, & déchirant leurs vêtemens, ils couvrent leur tête de cendre, & s'aſſeoient à terre auprés de luy : *& exclamantes ploraverunt* : à peine le temps de ſes malheurs eſt-il paſſé, que ſes freres, ſes ſœurs & tous ceux de ſa connoiſſance accourent pour mêler leurs larmes de joye avec les ſiennes, *& conſolati ſunt eum ſuper omni malo.* Le Seigneur luy-même n'envoya-t-il pas un Ange en forme humaine pour encourager le ſaint homme Tobie dans ſon aveuglement ? *Gaudium tibi ſit ſemper, forti animo eſto, in proximo eſt ut à Deo cureris.* Pourquoi donc vous abbatre dans vos peines ? vous avez des afflictions, il eſt vray, mais vous avez des conſolations : *multi dolores, ſed multæ conſolationes*, dit ſaint Auguſtin : vous avez quelques playes, il eſt vrai, mais vous avez un baume ſouverain qu'on répand deſſus : *amara vulnera, ſed ſuavia medicamenta* : que ne vous ſoutenez-vous en meditant ces paroles de l'Ecriture : Seigneur, quiconque vous ſert peut tenir pour tout certain, *hoc autem pro certo habet omnis qui te colit* : que ſi vous l'éprouvez, il ſera couronné : *quòd vita ejus ſi in probatione fuerit, coronabitur* : que ſi vous l'affligez, il ſera délivré : *ſi autem in tribulatione fuerit, liberabitur* : que ſi vous le châtiez, il obtiendra misericorde : *& si in correptione fuerit, ad miseri-cordiam tuam venire licebit.* Meditez & regardez souvent & attentivement ces veritez dans le secret de vôtre cœur affligé, pour vous en nourrir & vous fortifier, soyez du nombre de ces mysterieux animaux, qui prennent tellement leurs alimens qu'ils les ruminent ensuite à loisir : *Thesaurus desiderabilis requiescit in ore sapientis, vir autem stultus glutit illum.*

SECONDE CONSIDERATION.

Quatre choses encore doivent soûtenir les gens de bien dans les afflictions ; l'Auteur de leurs peines ; la force interieure qui leur est communiquée ; les intervalles de consolations qui les font respirer ; l'esperance des biens éternels qui leur sont promis.

Premierement, ils voyent dans la lumiere de la foy, que l'invisible main qui les frappe est celle de Dieu même qu'ils aiment & qu'ils servent ; & dans cette conviction ils trouvent un fonds inépuisable de repos & de consolation ; ils sçavent qu'ils sont entre les mains d'un Pere toûjours bon, toûjours tendre, toûjours charitable, qui n'ordonne ou qui ne permet les tribulations de ses Elûs qu'afin de les détacher de ce monde trompeur, de les faire soûpirer aprés le Ciel, de les purifier de leurs fautes, de les rendre semblables à Jesus-Christ, de leur faire pratiquer les vertus excellentes, de patience, d'humilité, de confiance, de resignation, d'abandon, de penitence ; qu'afin de les éprouver, de les enrichir de merites,

d'avoir

d'avoir lieu de les couronner, & de les rendre des modelles de vertu & des victimes de sainteté : toutes ces vûës religieuses consolent infiniment leur cœur affligé, & suppriment tout murmure en eux. Je me suis tû, Seigneur, disoit le Prophete, parce que c'est vous qui l'avez fait : *obmutui quoniam tu fecisti*; c'est pourquoi je n'ai pas ouvert la bouche pour former une plainte : *& non aperui os meum.*

Le bien-heureux homme Job, dont on ne sçauroit trop proposer les exemples sur ce sujet, disoit à son épouse qui l'excitoit au desespoir : Vous parlez comme une femme insensée, si nous avons reçû des biens de la main du Seigneur, pourquoi n'en recevrons-nous pas des maux ? *si bona suscepimus de manu Dei, mala quare non suscipiamus?* Quoique Satan eût été l'instrument de ses malheurs, il ne disoit pas : Le Seigneur m'avoit donné des biens & le démon me les a ôtez : il disoit au contraire ; Le Seigneur nous avoit donné des biens, le Seigneur nous les a ôtez : *Dominus dedit, Dominus abstulit*, son saint nom soit beni.

Semeï voyant David qui fuyoit devant son fils Absalon, se mit à l'insulter & à vomir contre ce grand Prince des injures atroces ; il l'appella meurtrier, enfant de Belial, méchant homme, usurpateur du Throne de Saül ; il luy jetta des pierres, & enfin il n'y eut reproche sanglant ni outrage qu'il ne luy fit : *egredere, vir sanguinum, vir Belial :* les Officiers de ce Prince si cruellement offensé, jugerent qu'il falloit le venger d'un tel attentat ; mais ce Roy plus religieux & plus clairvoyant qu'eux les en empêcha ; non, leur dit-il, ne luy

faites aucun mal , ne l'empêchez pas de m'offenser ;
c'eſt le Seigneur luy-même qui luy a ordonné de me
maudire, & qui oſeroit y trouver à redire ? *Dominus
enim præcepit ei ut malediceret David , & quis eſt qui audeat
dicere, quare ſic fecerit ?* quelle excellente diſpoſition !
on peut dire que David en ſe ſurmontant luy-même
ſurmonta dés-lors ſes ennemis: que cette victoire ſur
ſon reſſentiment , luy fit par avance remporter la victoire ſur Abſalon : & qu'en conſervant la vie à Semeï,
il merita que le Seigneur luy conſervât la couronne :
exercetur convitiis bonus Athleta , dit S. Ambroiſe : *exercetur laboribus & periculis, ut dignus ſit cui deferatur corona.*
Ce Prophete ſi éclairé , dit un Pere , regarda Dieu
comme celuy qui le châtioit , & Semeï comme la
verge dont Dieu ſe ſervoit pour le châtier ; ce qui fit
qu'il ne murmura pas contre la verge qui le frappoit,
de peur de ne pas reſpecter aſſez la main adorable
qui la conduiſoit.

Pourquoi donc vous en prendre aux créatures qui
vous affligent ? ce ſont des inſtrumens dont une main
cachée ſe ſert, *vaſa ſunt , alius utitur ,* dit S. Auguſtin :
ce ſont des orgues qu'une main inviſible remuë ,
organa ſunt , alius tangit : il en eſt de ceux qui vous con-
triſtent , dit ſaint Gregoire , comme des ſangſuës que
le Medecin habile & charitable applique ſur le
corps d'un malade pour en tirer un ſang groſſier &
corrompu. Ces inſectes affamez s'attachent ſur luy
comme pour le devorer, elles ne ſongent qu'à s'aſ-
ſouvir & à ſe remplir de la ſubſtance du malade :
mais le Medecin a bien un autre deſſein en les ap-

pliquant fur vous : il fe fert de leur avidité pour
vous purifier de cette maffe corrompuë du peché qui
vous furcharge, & pour vous procurer la fanté fpiri-
tuelle : ainfi, mon cher frere, dans vos malheurs n'ac-
cufez point cet ennemi qui vous perfecute, ce créan-
cier qui vous dépoüille, ce médifant qui vous déchire, cet ufurier qui vous ruine; ce font des efpeces de
fangfuës à qui le fouverain Medecin permet, ou
plûtôt dont-il fe fert pour vous guerir de voftre or-
gueil, de vôtre avarice, de vôtre fenfualité, de vôtre impenitence, de vôtre attachement aux biens de
ce monde : ne regardez pas la caufe prochaine de
vos difgraces, jettez les yeux fur leur autheur invi-
fible & fecret : ce n'eft pas Semeï qui vous maudit,
c'eft le Seigneur qui vous châtie pas Semeï. Si-tôt
que les freres de Jofeph fe virent chargez de chaînes, ils fe dirent l'un à l'autre, voila le fang de nôtre frere qu'on nous demande : ils l'avoient vendu il
y avoit plus de quinze ans : la profperité avoit effa-
cé ce crime de leur memoire, ils ne fe fouvenoient
plus de leurs anciens pechez, on les maltraite, on les
enchaîne, on les met en prifon : ils ne s'en prennent
point aux Miniftres de Pharaon, l'affliction défille
leurs yeux ; c'eft le Seigneur, dirent-ils, qui nous
punit : tel étoit l'efprit du Pfalmifte, quand il faifoit
cette priere : Le Seigneur, difoit-il, eft ma lumiere,
& mon falut ; qui craindrai-je ? le Seigneur eft le
protecteur de ma vie, qu'apprehenderai-je ? feront-ce
les méchans qui me perfecutent, & qui femblent
s'acharner fur moi comme pour devorer mes chairs?

Qui appropiant super me , ut edant carnes meas ? Que feront-ils , dit S. Auguftin , en mangeant vos chairs , ô grand Prophete ! ils ne confumeront que vos affections charnelles? *quæ funt carnes meæ,carnales affectus mei,carnalia defideria mea :* ils ne feront mourir en vous que ce qu'il y a de mortel en vous : *nihil in me moritur nifi mortale :* qu'ils mangent donc toutes vos chairs , afin que vous foyez tout efprit, *manducent carnes, finitis carnibus, fpiritus ero, & fpiritalis ;* ils vous rendront le plus grand de tous les fervices , ils changeront vôtre fubftance en une meilleure ; vous êtes un homme charnel , vous ferez un homme fpirituel , & leurs dents plus officieufes que cruelles, vous feront paffer à la condition des efprits incorruptibles : *mutafti me in melius, ut maledico dente non me confumant :* tel eft le fruit que les juftes éclairez des lumieres de la foy tirent de leurs afflictions.

II°. Mais ce n'eft pas affez pour eux d'être éclairez dans leurs fouffrances , ils faut de plus qu'ils foient fortifiez dans leurs foibleffes , & qu'ils reçoivent une vertu interieure pour porter avec merite & facilité leur état penible. Les anciens Philofophes nous avoient inftruits par leurs paroles , mais ils ne nous avoient pas édifiez par leurs exemples. Les Patriarches nous avoient inftruits par leurs paroles , & édifiez par leurs exemples, mais ils ne nous avoient pas fortifiez par leur vertu. Il étoit refervé à Jefus-Chrift de nous inftruire par fes paroles, de nous édifier par fes exemples , & de nous fortifier par fa vertu. Il eft ce divin Legiflateur qui, felon l'Ecriture, porte tout à la fois fur fes levres & la loy & la mifericorde :

legem & misericordiam in lingua portat : la loy, par laquelle
il commande, dit S. Augustin ; *legem quia jubet :* la
misericorde, par laquelle il donne la force de faire ce
qu'il commande : *misericordiam , quia adjuvat ut fiat
quod jubet :* en effet la loy de soy luminense & sainte
découvrant à l'homme ignorant & foible ses obliga-
tions, sans luy donner la vertu de les accomplir :
l'homme alors veritablement plus éclairé, mais également
lement infirme , n'en devenoit par conséquent que
plus coupable, & multiplioit ainsi ses prévarications,
& sentoit bien qu'outre un Docteur qui l'instruisit
au dehors , il avoit besoin d'un Medecin qui le gue-
rît au dedans , & luy donnât par une surabondante
charité , ce qu'un surcroît de maladie , & non son
plus grand merite exigeoient de sa toute-puissante
misericorde,c'est-à dire,la vertu de faire, ce que la loy
luy disoit de faire. Or c'est cette vertu & cette force
interieure que le juste reçoit de Jesus Christ pour
faire un bon usage de ses croix ; car comme nôtre
chair seroit foible , si elle n'étoit soûtenuë par la fermeté des os cachez au dedans d'elle ; ainsi l'ame du
juste seroit infirme , si la grace , comme un os interieur caché aux yeux des hommes , ne l'affermissoit
solidement dans le bien malgré le mal qu'elle en-
dure au dehors , & qui voudroit l'ébranler au dedans.
Seigneur, disoit le Prophete affligé , vous avez fait en
moy , ou au dedans de moy , un os interieur , vous
m'avez donné une force & une fermeté d'esprit qui me
soûtient dans mes peines , un os spirituel qui ne vous
est pas caché , *non est occultatum os meum à te quod fecisti in*

V u u u iij

occulto. Cet os myſterieux n'eſt donc autre choſe, dit S. Auguſtin , qu'une certaine conſtance & vigueur d'eſprit , qui rend les juſtes forts & reſolus pour reſiſter aux tentations & aux ſouffrances de cette vie; *eſt quædam animæ interior vis , contra hujus ſæculi infirmitates, &c.* S. Auguſtin encore tout charnel & tout languiſſant , regardoit S. Ambroiſe comme un Evêque heureux, ſelon le monde , parce qu'il étoit reſpecté des Empereurs & des Grands de la terre : *ipſumque Ambroſium felicem quemdam hominem ſecundùm ſæculum opinabar , quem ſic tantæ poteſtates honorarent.* Le celibat ſeul de ce ſaint Prélat luy paroiſſoit difficile à ſupporter ; *celibatus tantùm ejus mihi laborioſus videbatur:* aveugle que j'étois , dit S. Auguſtin , je ne voyois pas & je ne ſçavois pas , ne l'ayant jamais connu ny experimenté, quel étoit cet os intérieur , cette vigueur ſpirituelle qui le fortifioit contre les tentations ; *quid autem ille ſpei gereret , adverſus tentamenta , & occultum os ejus quod erat in corde ejus , nec conjicere noveram , nec expertus eram :* telle eſt la joye ſecrette qui ſoutient les juſtes dans leurs tentations & dans leurs afflictions : telle eſt leur joye qu'aucune triſteſſe exterieure ne ſçauroit leur ôter, *iterum autem videbo vos , & gaudebit cor veſtrum , & gaudium veſtrum nemo tollet à vobis :* état bien different de celuy des pecheurs , qui n'ont de joye que celle des ſens, que celle que peuvent cauſer à leurs yeux, à leur oüie, à leur odorat, à leur goût , les beaux objets , les ſons harmonieux , les parfums exquis, les mêts délicieux ; tandis que leur cœur eſt rongé de remords , d'inquiétudes & de chagrins , qu'aucuns plaifirs fenfuels, qui ne donnent qu'une joye 'fuperficielle & paffagere, ne fçauroient diffiper : ainfi la joye du pecheur eft dans les fens, & non dans le cœur : & la joye du jufte eft dans le cœur, & non dans les fens, *& gaudebit cor veftrum* ; les biens du pecheur paroiffent des biens, & ne le font pas : les maux du jufte paroiffent des maux, & ne le font pas : que fi leur vie eft fi differente dans fon cours, elle ne l'eft pas moins dans fa fin ; car le Seigneur qui protefte que la mort du pecheur eft déteftable, *mors peccatorum peffima*, affure que le jufte n'en goûtera pas l'amertume, *mortem non guftabit* ; mais quelle force les difciples de Jefus-Chrift ne doivent-ils pas tirer de ce que dans leurs combats un fi bon maître a toûjours les yeux fur eux? en effet fi les tentations empêchent pour quelques momens les juftes affligez & troublez de regarder l'auteur de leurs peines, *modicum & non videbitis me*, *& iterum modicum & videbitis me* : quelquefois vous ne me verrez pas, & quelquefois vous me verrez : il ne dit pas pour luy que quelquefois il les verra, & que quelquefois il ne les verra pas, puifqu'il eft écrit que les yeux du Seigneur font toûjours fur eux, *oculi Domini fuper juftos* : il voit du haut du ciel, leurs combats, dit S. Auguftin, & il leur crie, je vous regarde, *clamat de cælo, fpecto vos* ; combattez genereufement, je vous aiderai : *luctamini, adjuvabo* ; remportez la victoire, je vous couronnerai, *vincite, coronabo:* quel courage cela n'infpire-t-il pas aux juftes? que fi tentez quelquefois de découragement, ils difent que toutes ces chofes font vrayes, mais qu'ils ne fouffrent pas comme il faut, ni avec les difpofitions convenables pour leur falut ; qu'ils apprennent du grand S. Gregoire, que les tribulations ont tant de benediction, que même quand elles feroient, non des épreuves de leur vertu , mais des châtimens de leurs pechez ; dés là qu'ils ne murmurent pas & qu'ils ne fe revoltent pas contre la main qui les humilie , ils ne laiffent pas de fe fanctifier dans leurs peines : que fera ce fi Dieu les leur envoye comme à des juftes qu'il veut exercer , & non comme à des pecheurs qu'il veut punir ? que fera ce, fi loin de fe revolter ils fe foumettent à la volonté toute équitable de celui qui les frappe ? *Quifquis enim etiam cùm pro peccato percutitur , non murmurando renitatur , eo ipfo jam juftus effe inchoat, quo ferientis juftitiam non accufat* : il n'en eft pas ainfi des délices & des profperitez qui font toûjours fi perilleufes & fi oppofées au falut, que quelques difpofitions qu'on y apporte, on ne peut prefque pas en faire un bon ufage qu'en y renonçant, du moins en efprit, ce qui fans doute eft auffi rare que difficile: *Sufficit ut illos non perdant , nam prodeffe nihil poffunt* , dit S. Auguftin.

IIIᵒ. Que fi le jufte reçoit une force fecrette du Seigneur , pour fupporter patiemment les adverfitez de cette vie , les intervalles de confolation dont la Providence ne manque pas de les adoucir, & qui luy donnent lieu de refpirer, ne font pas pour luy de mediocres fecours pour en faire un bon ufage , & pour revenir enfuite au combat, plus fort & plus experimenté qu'auparavant : les fouffrances de cette vie

ne

ne font donc jamais continuelles, elles ont alternati-
vement leurs jours & leurs nuits; la douceur du prin-
temps fuccede aux rigueurs de l'hyver, & de cette
fucceffion douce & rigoureufe naît la fecondité de la
terre. Un foir fombre & arrofé de larmes, eft fouvent
fuivi d'un matin refplendiffant de joye : *ad vefperam
demorabitur fletus, & ad matutinum lætitia:* d'ailleurs quand
toute cette vie feroit un foir trifte pour le jufte , l'é-
ternité efperée luy fera une aurore qui commence à
fe lever fur luy pour ne fe plus coucher : mais en at-
tendant, il doit & gemir du prefent, & fe confoler
fur l'avenir : *geme de præfentibus , pfalle de futuris,* dit faint
Auguftin , expliquant cet endroit. Les Apôtres per-
dirent la prefence fenfible de leur Maître pendant les
quarante heures qu'il fut dans le tombeau; cette affliction fut réparée par les quarante jours qu'il fut avec
eux aprés fa refurrection. Ce divin Sauveur nous aver-
tit aujourd'hui, que quelquefois nous le verrons, &
que quelquesfois nous ne le verrons pas. Perfonne
n'ignore la doctrine de S. Chryfoftome au fujet de
S. Jofeph : Il eft certain , dit ce Pere , que le Seigneur mifericordieux entremêle toûjours les adverfitez & les profperitez , *enim verò mifericors Deus mæftis
rebus quædam etiam jucunda promifcuit;* ce que nous voyons
dans tous les Saints, dont les confolations & les tribulations s'entrefuivent les unes les autres ; *quod certè in
fanctis omnibus facit , quos neque tribulationes , neque jucun-
cunditates finit habere continuas* ; d'où il arrive que leur
vie brille comme un tiffu précieux , formé par une
agréable varieté de nuances fpirituelles , que les dou-

X x x x

ceurs & les peines diverſifient & enrichiſſent ; *ſed tum de adverſis, tum de proſperis juſtorum vitam, quaſi admirabili varietate contexit :* chaque perſécution de la primitive Egliſe ne duroit gueres que trois à quatre ans, ou, comme s'exprime S. Jean, un temps & deux temps & la moitié d'un temps, intervalles qui donnoient lieu aux fideles de ſe relever de leurs chûtes, ou de s'affermir dans leurs bonnes reſolutions. La femme, comme il eſt porté dans nôtre Evangile, ſouffre lorſqu'elle eſt en travail, parce que ſon heure eſt venuë : mais la joye prend bien-tôt la place de la douleur, quand elle voit qu'elle a mis au monde un enfant, & qu'elle eſt devenuë mere : ainſi les ſouffrances de cette vie tiennent de la nature des fievres intermitantes, il y a du relâche de temps en temps. Telle a toûjours été la conduite du Seigneur ſur les juſtes : la vie du Patriarche Jacob, que S. Ambroiſe propoſe comme un modelle de patience, eſt une bonne preuve de cette verité : à peine la Providence l'at-elle avantagé du droit d'aîneſſe, & de la dignité du ſacerdoce, que ſon frere medite de le faire mourir, & qu'il eſt obligé de s'enfuïr en un païs éloigné, ſans autre équipage que d'un bâton à la main : à peine a-t-il receu les benedictions du Seigneur dans la maiſon de ſon beau-pere Laban, qu'on le perſécute injuſtement, & qu'il faut qu'il s'enfuye encore : il n'eſt pas preſque échappé de ce peril qu'il tombe en un autre, la crainte d'Eſaü le jette dans la conſternation, & luy fait apprehender le maſſacre de toute ſa famille : il commence à reſpirer, & voilà deux de ſes enfans , qui par le meurtre general de toute une ville le mettent en danger de s'attirer la fureur d'une Province entiere ; échapé de ce peril , il goûte le repos d'une famille paiſible , lorſque tout d'un coup la haine & la jalouſie luy font perdre ſon cher fils Joſeph : on luy rapporte la robe enſanglantée de ce bien-aimé enfant , & à cette vûë ſa douleur eſt ſi grande qu'il refuſe de recevoir aucune conſolation , & qu'il veut pleurer toute ſa vie , & ne chercher d'a-douciſſement à ſon mal que dans la mort. Cette extrê-me affliction eſt ſuivie d'une joye auſſi grande qu'in-eſperée , il retrouve Joſeph comblé de gloire & gouvernant l'Egypte. Qui ne voit la même choſe dans le Saint Roy David? ce Prince , ſelon le cœur de Dieu, devient d'abord l'objet de l'amitié de Jonathas, & des applaudiſſemens de tout le peuple , pour avoir vaincu un geant formidable & délivré l'armée des Iſ-raëlites ; & peu aprés Saül le perſecute , & veut le faire mourir : il joüit tranquillement de la Royauté, ſes tréſors ſont immenſes , ſes enfans nombreux, ſa gloire éclatante , tout à coup ſon fils Abſalom con-jure contre luy, il ſe revolte, il veut luy ravir la cou-ronne & la vie ; il deshonore la famille de ce Pere, il le reduit de s'enfuir à pied fondant en larmes : la multitude innombrable de ſes ſujets luy donne de la complaiſance , un Ange exterminateur en fait auſſi-tôt un maſſacre infini , & le plonge dans une déſo-lation ſans égale. A la vûë de ces exemples, ô vous qui craignez Dieu , ſoûtenez-vous parmi les joyes & les douleurs qui tour à tour exercent ſucceſſivement voſtre vie.

X x x x ij

IV°. Mais qui ne se consolera encore davantage s'il jette les yeux sur la recompense éternelle que le Seigneur prépare à ses Saints, tantôt humiliez, de peur qu'ils ne s'en orgueillissent, tantôt fortifiez, de peur qu'ils ne se découragent ? *si vis sustinere laborem, attende mercedem*, dit S. Augustin : qui refusera de souffrir patiemment la pauvreté sur la terre, en vûë de ce trésor celeste qui ne s'épuisera point ? *thesaurum non deficientem in cælis* ? de supporter la tristesse passagere de ce monde, pour joüir de cette joye qu'on ne ravira point ? *& gaudium vestrum nemo tollet à vobis* : qui regrettera de perdre cette vie si courte, pour posseder ces années qui ne finiront point ? *annos non deficientes* : de souffrir quelques peines legeres dans la vûë de ce poids éternel de gloire qui ne diminuëra point ? *æternum gloriæ pondus*. Finissons ces considerations religieuses, par le recit de ce qu'elles ont operé dans un saint & celebre Martyr, grand dans le monde, & plus grand encore dans l'Eglise, & dont S. Bazile son Evêque raconte les combats en ces propres termes :

Au temps qu'un Tyran impie qui pour lors gouvernoit le monde, persécutoit le nom Chrétien, & qu'il étendoit sa main contre l'Eglise de Dieu : que par toute cette Ville dans les places publiques, & dans les ruës on entendoit retentir un Edit sacrilege qui défendoit, sous peine de mort, d'adorer Jesus-Christ, qui commandoit de se prosterner devant les Idoles d'or & d'argent : tout le peuple de ces lieux se trouva dans un étrange effroy. Ce nouvel Edit tenoit chacun en suspens ; on pilloit les maisons des Chrétiens ; leurs biens étoient en proye aux Idolâtres ; on ne voyoit que des Bourreaux qui déchiroient le corps des Fideles de quelque qualité qu'ils fussent ; on traînoit ignominieusement par les ruës des Dames venerables , des meres de familles illustres. Nulle pitié des enfans. Nul respect pour les vieillards. Les Innocens étoient condamnez aux supplices des scelerats. Les prisons & les cachots regorgeoient de Chrétiens. Les maisons entieres demeuroient vuides. Les bois & les deserts étoient pleins de fugitifs : le fils accusoit le pere , & le pere livroit le fils ; le frere vendoit son frere , & l'esclave trahissoit son maître: tant le demon possedoit les esprits des Idolâtres, & les aveugloit jusqu'à ne sçavoir ce qu'ils faisoient. Les Eglises du vrai Dieu étoient renversées , les maisons d'Oraison ruïnées, les saints Autels abbatus , les Prêtres cachez : nulle Oblation , nul Encensement, nul Sacrifice. Rien que frayeur , rien que terreur, rien qu'une consternation épouventable. Dans cette triste conjoncture le Saint dont nous écrivons la Vie , crut qu'il falloit se dérober à la fureur publique ; il quitte le baudrier militaire , il abandonne sa maison, domestiques, biens , parens , amis, plaisirs , honneurs : il il se condamne à un exil volontaire , & s'enfonce dans de vastes deserts , cherchant des lieux inaccessibles aux hommes, & jugeant qu'il étoit plus doux de vivre parmi les bêtes farouches que parmy les Idolâtres inhumains , imitant en cela l'exemple d'Elie , lorsqu'il fuyoit la persécution de Jezabel : Saint Gordius animé du même esprit , méprise le monde & les appas du siecle, il se retire dans la solitude, & là sans aucun autre maître que le Saint Esprit & ses divines lumieres, libre de tentations & d'embarras, il medite à loisir sa religion, & les mysteres du Christianisme: combien cette vie est courte, vaine, trompeuse; que ce n'est qu'une ombre & qu'un songe; il s'embrase du desir de l'éternelle felicité. Comme un fort Athlete, il s'exerce dans le jeûne, la priere & les veilles, & disposé pour le grand combat du martyre, il prend une genereuse resolution. Il sort du desert comme un Lion courageux, il revient vers cette Ville, il choisit un jour destiné à la course des chevaux, auquel tout le monde assistoit, grands & petits, hommes & femmes, maîtres & valets, chacun y accourt. Les Magistrats prennent leur place. Le President s'asseoit: une immense multitude occupe le cirque & environne la place.... Au fort du combat & du divertissement & comme on étoit le plus attentif, voici un bien plus surprenant spectacle: Nôtre Solitaire paroît au haut de la colline, qui domine l'amphithéatre; la vûë de ce peuple immense ne l'effraye point, il éleve sa voix; il crie, me voicy: *Je me presente à ceux qui ne me cherchent pas: Je vas audevant de ceux qui ne demandent plus de mes nouvelles.* A ce cry chacun jette les yeux sur luy, on voit un homme, ou plutôt une espece du sauvage tout extraordinaire. Car le long séjour des bois l'avoit entierement défiguré, ses cheveux herissez, sa barbe longue & épaisse, son habit sale & déchiré, son bâton & le sac qu'il portoit à son côté, le font prendre pour quelque monstre des deferts. Une clameur s'éleve de tout l'amphitheatre, jamais on ne vit un tel tumulte, ny un tel defordre, les chevaux les chariots & tous ceux qui donnoient le divertiffement au peuple, s'arrêtent : on n'a plus d'œil que pour cet inconnu. Un Heraut fe leve & ordonne qu'on fe taife. Les trompettes, les tambours & les inftrumens de mufique s'arrêtent. Chacun ferme la bouche. On garde un profond filence. On defire fçavoir ce que c'eft : enfin on apprend que c'eft Gordius, un Officier de guerre, que la perfécution avoit fait cacher, & qui revient de luy-même s'expofer à la mort : à cette nouvelle voilà un bruit épouventable des Juifs, des Gentils & des Chrétiens. Il eft conduit fur le champ devant le Prefident, avec douceur neanmoins. On l'interroge quel eft fon païs, fon nom, fa profeffion. Il fatisfait à ces demandes, & aprés avoir déclaré la caufe de fon éloignement & de fon retour : Je fuis revenu, ajoûta-t-il, pour déclarer hautement & publiquement que je ne fais aucun cas de vos Edits qui défendent d'adorer Jefus-Chrift : que je mets en luy mon efperance & ma force : en un mot, que je fuis Chrétien ; & c'eft parce que j'ay appris que vous étiez le plus cruel des hommes, que je viens aujourd'hui vous l'annoncer à vous-même. Ces paroles, comme un vent impetueux, allument les charbons de la fureur de ce Juge inhumain, qui déploye toute fa rage contre cet innocent. Les bourreaux font prêts, dit-il, les verges, les foüets, qu'on l'étende fur la roüe & fur le chevalet. Qu'on l'applique à la queftion, qu'on le gêne en mille manieres, qu'on prépa-

re les Lions, les feux, les glaives, les croix. C'est trop
peu pour ce malheureux de ne mourir qu'une fois,
& par un seul genre de supplice. Et moy, répondit
Gordius, je croirai faire autant de pertes, qu'on m'é-
pargnera de tourmens & de morts. Cette fermeté
acheve de pousser à bout le President. On prend le
Martyr, on le déchire, on le gêne, on le brûle, on
invente tout ce que la plus ingenieuse cruauté peut
imaginer pour vaincre sa constance, arracher quelque plainte de sa bouche, & fatiguer sa patience,
mais inutilement. Le Saint au milieu des plus atroces tortures, leve les yeux au Ciel & chante les
loüanges de Dieu : *Le Seigneur est mon aide, je ne crain-*
drai point ce que me pourra faire l'homme, je ne craindrai
point les maux, parce que vous êtes avec moi, ô mon Dieu.
Tels sont les Cantiques dont il charme ses douleurs.
Loin de paroître apprehender les supplices, il témoi-
gne une extréme impatience de les souffrir : il accuse
la lenteur des bourreaux. Que tardez-vous, crie-t-il,
pourquoi vous arrêtez vous, déchirez, coupez, brû-
lez, arrachez, n'oubliez rien pour me reduire en pie-
ces, plus les tourmens seront exquis, plus la recompense sera rare. C'est un échange avec Dieu que cecy, autant de playes, autant d'ornemens ; autant
d'ignominies autant de couronnes. Le President ne
sachant plus que faire, change de batterie, il ordonne
aux Ministres de son impieté de se retirer, il s'ap-
proche du Saint ; il luy parle avec douceur, il le ca-
resse, il le flatte, il le plaint, il luy promet les plus
grandes dignitez, & la plus haute fortune ; il l'assure

que

que l'Empereur le comblera de biens & d'honneurs, & qu'il le rendra les plus heureux homme du
monde.

Tout cela ne peut l'ébranler, il ſe mocque de l'a-
veuglement de ce Magiſtrat, qui croit balancer les
biens celeſtes par quelques avantages temporels, &
il le renvoye bien loin avec ſes offres. Pour lors cet
impie lâche les rênes à toute ſa fureur, il s'abandonne à la vengeance, il tire luy-même l'épée, il
appelle le bourreau, & ſa main s'impatiente de ce
que ſa langue ne prononce pas aſſez-tôt la Sentence
cruelle de mort contre nôtre Saint : tout l'amphitheatre accourt vers le Tribunal pour voir cette execu-
tion, le bruit s'en répand au loin : ce qui reſtoit de
peuple dans les maiſons, les abandonne, & veut être
preſent à ce ſpectacle ſi glorieux à la Religion, & ſi
terrible au Demon : la ville devient en un moment
deſerte, le marché demeure vuide, les boutiques,
les ruës, les places, tout eſt abandonné, & les facultez
d'un chacun ne ſont en aſſurance, qu'à cauſe qu'il ne
reſte plus perſonne qui les derobe. Les habitans comme les flots d'un fleuve rapide, inondent le lieu où
ſe paſſe cette tragedie. Le ſerviteur, le malade, le
vieillard, la mere de famille, la vierge même ſi ſoi-
gneuſe en un autre temps de ſe dérober aux yeux des
hommes, paroît en public, & veut être témoin de
cette avanture ſurprenante. Tout vient, tout ſort hors
de la Ville.

Cependant le bien heureux Martyr ayant déja un
pied dans la gloire, eſt reconnu & abordé de ſes pa-

Yyyy

rens & de ſes amis. On l'environne, on l'embraſſe, on le conjure de ne ſe pas perdre, de joüir des douceurs de la vie & de la clarté du Soleil, on luy remontre qu'il eſt encore en la fleur de ſon âge, qu'il peut, s'il veut, adorer Jeſus-Chriſt dans le cœur, mais qu'il le renonce au moins de bouche, que Dieu regarde le dedans & non le dehors : enfin qu'il s'épargne les flammes & les feux, déja allumez, dans leſquels il alloit perir.

Gordius, auſſi immobile qu'un rocher, demeure ſourd à ce diſcours, les larmes, les prieres, les raiſons, les menaces, tout eſt inutile : Ne pleurez point ſur moy, répondit-il, mais ſur nos perſecuteurs, à qui un incendie éternel eſt préparé pour ces feux temporels, auſquels ils nous condamnent. Ne m'affligez pas davantage de vos plaintes, je ſuis reſolu de perdre non une vie, mais mille vies ſi je les avois, plûtôt que de renoncer à Jeſus-Chriſt : ma langue ne peut ſe reſoudre à démentir mon cœur, ny à dire qu'elle méconnoît ſon Créateur. Quoi le Ciel ſera-t'il fermé aux Officiers de Guerre ? & le ſalut deſeſperé pour eux. Un Centurion ne confeſſa-t-il pas la Divinité de Jeſus-Chriſt au milieu des horreurs de la Croix ? Pourquoy donc n'imiterois-je pas un ſi bel exemple ? Cela dit, le vray Soldat de Jeſus-Chriſt s'arme du ſigne de la Croix, & d'un courage invincible, d'une conſtance heroïque, ſans changer de couleur, il marche d'un pas ferme au ſupplice, & ſe livre entre les mains des bourreaux avec autant de joye, que s'il ſe fût mis entre les mains des Anges, qui ſans doute parmi les clameurs d'une multitude infinie de peuple qui s'éleva au moment de ſa mort, & qui fut ſi grande, qu'on n'eût pas oüi le Ciel tonner, enleverent cette bien-heureuſe Ame dans le ſéjour des Saints.

F I N.

Avril 1707.